フィレンツェよりの電話

武馬久仁裕散文集

黎明書房

目次

電話

地理學家咖啡館《ジオグラファー・カフェ》

花の散る

電話

電話

仕事を終えてビルの自動扉を出ると、もう暗い。色づき始めた銀杏の樹が街灯の白光に照らされて光っている。もうじき金色になるなと思いながら腕時計に目を向けた時だ。ワイシャツの胸のポケットに入れた携帯電話が突然震え出した。私は、携帯電話のディスプレイに目をやった。発信者は「８１０９０・・・・・・・・」。「８１」日本の番号が頭にある。海外からだ。名前は出ない。それに知らない番号だ。受話口を耳にあて、向こうの声を待った。何も聞こえない。私は切った。そして、右に曲がり、ナトリウムの光が高所から鈍く降り注いでいる大通を早足で地下鉄の入口へと向かった。この二三日急に寒くなったので大通公園の花水木の葉は、もう真っ赤だ。乾いた音を立て人々は御影石の歩道を歩いて行く。するとその時だ。胸に震えが伝わってきた。まただ。ディスプレイにはやはり「８１０９０・・・・・・・・」。携帯電話を耳にあてた。今度は「もしもし」と言ってみた。聞こえてきた。意外にはっきりと。「もしもし、こちらは雨なの。」言葉が掠れる。「えっ」と聞きなおす。「今、ウフィツィ美術館から出てきたところなの。」女の声だ。声は続ける。「今、十一時。日本と八時間違うの。」私は無言で次の言葉を待った。言葉は時々掠れる。その度に私は「えっ」を繰り返す。「ミラノからずっと雨。ベネチアも雨の中」といささか自嘲気味になってきた。きっとウフィツィの外側をめぐる柱廊から掛けているのだろう。柱廊の前の小さな広場にはブランド品の贋作売りのアフリカ人達がいるだろうか。商品に触ったら最後彼らは客を逃がさなかったな。雨だから彼らはいないな。などととりとめもないことが思い出された。「何か言って。時間がないの。」女が催促する。一体何を言えばいいのだ。こちらは冬のように寒い秋の暮れだとでも言えばよいのか。そこでとってつけたように「ボッティチェリの『ヴィーナスの誕生』は見たの。あの海の色、今の地中海の色と同じ濃い藍色だったね。波を表す線の意志あるもののようなやさしさもよかったね。写実的でなく」。雨のフィレンツエに立っているであろう女は無言だった。そこで私は続けて「近くのジェラート屋へは行かないの」と尋ねてみた。「寒いから」と一言言って、女は言葉を継いだ。「そういえば、あのときは時雨が降りだして。」女の長い話が始まった。

「私はあのとき四十六歳。とある結婚式に出るために着飾って家を出ました。家を出たとたん先日久しぶりにクラス会で会ったあなたの言ったことが思い出されたのです。『昔君と待ち合わせて日曜日に遊園地に行き、そこで不思議の城という錯角を利用したおかしな施設に二人で入った』とあなたは確かに言いました。そして、『出てきたら、外はいつも暗くなっていて、無数の星が瞬いていた』と続けたのです。私には全く記憶に無いことでした。私は、そのまま地下鉄に乗り、その遊園地に急ぎました。入場券を買い、入口に立っていた門衛に聞くとそんな遊戯施設は無いと言いました。それでも、時雨の降る遊園地の中をあなたが話していた場所らしきところへドレスの長い裾をもって小走りに向かったのです。本当にそんなことがあったのかこの眼で確かめたかったのです。門を入って少し行けば左に坂がありその坂をのぼると途中にその施設はあるはずだったのです。しかし、お城らしき建物はありませんでした。思わず涙が零れました。あなたとのあの大切な半年のことがすべて幻だったように思えたのです。私は雨と泥に汚れたドレスを引きずって地下鉄に乗るために一段一段階段を下りていきました。深い深い穴の底に。」

「もう行くわ。」そこで、電話は切れた。

そういえば、遠い昔にそんなことがあったかもしれないと思いながら、地下鉄の入口の前にしばらく立っていた。電話は掛かってこなかった。私は着信履歴を消して、この不思議な電話を無かったことにした。そして、ゆっくりと地下道へ降りていった。

「フィレンツェは雨か。」

秋暮れてフィレンツェよりの電話あり　　久仁裕

不思議の城

動物園には遊園地が付設されていて、馬来貘を見た二人は、決まってそこへ行った。コンクリートで作られた軌道を走る電気自動車にもよく乗ったが、二人が特に気に入っていたのは、斜面に建てられた「不思議の城」であった。

入場料二人分××円を支払い城の中に入ると、まず低いところから高いところへと流れる人工の小川があった。次に夜汽車があった。木造の車内は薄暗いオレンジ色の電灯の光に照らされていた。汽車は機械的にがたごとと揺すられていた。硝子窓から外を覗くと、そこは闇。灯火一つ見えない。連結器のがちゃがちゃ鳴る音を聞きながら、二人は吊り革につかまって、今読んでいる本のこと、将来のことなどをよく話したものだった。いつか、あと何十年か経って、食堂の御曹司の友人が今は経営するその食堂で、サラリーマンになった私が一杯やりながら昔のことを語り合う光景を話したら、君は「そんな話やめて！」と言った。

汽車に乗っていると、年に二度くらい別の汽車とすれ違うことがある。古代アレキサンドリアの港に立っていた大灯台のようなヘッドライトを持っていたので、私たちはその汽車を特急アレキサンドリアと名付けた。あれに乗るにはどうしたらよいのか、色々聞いたり、考えたり、話し合ったりしたのだが、結局わからずじまいだった。

さっとすれ違うだけなので、よくは見えなかったが、冬の日などは十分暖房の効いた、明るい、快適な室内のようだったと記憶している。多くの人が、賑やかにおしゃべりをしていた。私は、羨ましかった。

不尽の壺を左に見て、「不思議の城」を出ると、いつも夜空に星がまたたく頃になっていた。たまに月が出ていた。そんな時は、いつも悲しい思いがしたものだった。別れのことを思うと。

涼秋詞

　二人で川を見ていた。堤防を下ると畑があり、その先は草紅葉がからまるように茂っていた。そこを一本の細い道が、川の辺まで続いていた。二人はその道を通って、水打ち際まで来たのだ。そして、静かに海に流れて行く川を見ていた。

　この辺りは、潮の満ち引きの影響をうけるらしく、川の水が知らないうちに二人の靴を浸している。少し後ずさりして、また川の流れを見ていた。今までのことを、黙って思い出していた。色々なことがあったが、今、二人は並んで川を見ている。私は、二人でボートに初めて乗った日のことを思い出していた。漕ぐのが下手で、さんざんしぶきを掛けたことを。ノースリーブの、光るような君だった。

私は、ときどき一人でこの川へ日が沈むのを見に来る。ちょうど対岸の堤防の向こうに横一列に立っている五つの塔の間に沈むのだ。この五本の塔は、コンクリートでできていて、高さ二十メートルくらい。右の四本は等間隔で立っているが、左の一本だけは、他の四本と少し間隔が空いている。煙突によく似ている。しかし、一番上はコンクリートの板のようなものでふさがれている。ちょうど、五頭の恐竜の頭と首のように見える。そして、右の二本と左の一本には、円い窓のようなものが塔の壁に幾つも空いているのだ。何に使われているのか、想像もつかなかった。

その日、夕日が塔の間に沈むのを見ながら、五つの塔について話した。

君は言った。「右の二本と左の一本の塔は、こちら側を見るためのものよ。たくさんの人達が今、こちら側を見ているじゃない。」

「じゃあ、窓が空いていない二つの塔は」と問うと、

「二つの塔は、きっと反対側に窓が空いているのよ。塔の向こう側の

世界を見ているのだわ。」

「では、どうして一本だけ離れているのかなあ。」

君はあっさり言ったものだ。「間にもう一本、塔があったけど、崩れたの。窓のない塔だけ。」

向こう岸から延びる橙色の光線が、川面に揺れるのを見ていた私が振り向くと、君はかすかに私から離れて、「帰ろうか」と言った。

地理學家咖啡館《ジオグラファー・カフェ》

地理學家咖啡館《ジオグラファー・カフェ》にて

前略

私の句集『玉門関』をお読み下さってありがとうございます。

地理學家咖啡館《ジオグラファー・カフェ》は、マラッカにあります。旧市街の真ん中です。入り口の肌色の太い柱には漢字で「地理學家」、外壁の縦看板には「Geographér　Kafe　地理學家」と大きく書かれていました。名前の面白さに惹かれて入りました。八月初めの暑い日でした。オープンエアの店内に入り、氷なしのコーラを頼みました。氷が怖かったのです。しばらくするとそのままのコーラが出てきました。ぬるいコーラを一口飲んだら、なぜか双々子のことが思われました。一緒にここに来ることができたら、さぞ喜んだに違いないと思われたのです。

地理學家咖啡館の道一つ隔てた向こうには、亀苓膏《かめゼリー》を出す茶館がありました。私が眺めていると黒いスカーフで髪を隠した女が奥から顔を出してすぐに消えました。

その茶館の右側の路地には両替屋の黄色い看板が見えました。両替屋の向こうは、真っ白な塀に囲まれたミナレットを持つ回教寺院でした。寺院の屋根の鮮やかな緑色は、今でも思い出すことができます。

地理學家咖啡館の面している旧市街の中央道路は、三角屋根の二階建てのくすんだ白っぽい建物が、両側にずっと向こうまで並んでいました。二階には黒い目のような窓が外に向かって開いています。

家並みを背景に妻の写真を撮ったりしていたのですが、不思議なことに一向に人の気配がしませんでした。通りを誰も歩いていないわけではありません。私の目の前を、ショートパンツにサンダル履きの中年の女性が犬をつれて歩いて行きました。二つの濃い影はやがて左に曲がって見えなくなりました。

黒い影がアスファルトの道をよく斜めに横切りました。燕でした。燕は目のような窓から飛んできます。『囁囁記』の双々子の句が思い出されました。

黒町の窓なきときはつばくろとび　　双々子

男のかほかたちぞありて白町は　　双々子

双々子の句を口ずさむ私の背後、地理學家咖啡館の薄暗い奥の席から双々子の少し怒っているような声が聞こえてきました。

「地理學家咖啡館《ジオグラファー・カフェ》に俺はいるぞ。」と双々子　　久仁裕

双々子の死は、私が地理學家咖啡館を訪れた一年前の二〇〇六年一月のことでした。

益々のご健吟を。

草々

二〇一〇年十月二十二日

武馬久仁裕

Kafe
Geographér
地理學家
HARI KEMERDEKAAN KE-50

玉門関

制限時速三十キロを示す道路標識が沙漠の道際に一本立っていた。もちろん日本のものと同じだ。我々の乗る小型バスはお構いなく高速で走る。時折向こうの方に逃げ水の大きなものが現れる。蜃気楼だ。太陽の光を反射して輝く湖面のようだ。途方も無い一本道だ。ここで車が故障したらお仕舞いであろう。沙漠の中に土が盛り上がっている。これもはるか彼方まで続いている。砂に戻ろうして戻りきれない漢の長城跡だ。乾いた蘆の茎が、搗き固めた土の間に見える。藁の代わりに土に混ぜたのだ。ちょっと掘って二、三センチばかり取り出した。砂と礫ばかりのゴビ沙漠の一体どこからこの蘆を持ってきたのだろうと思う。崩れつつある長城の上に立って、どこまでも続く土の堤をみはるかしながら、作った人の執念の行きつく先を思う。

玉門関には夕方着いた。ゴビ沙漠の中の道を敦煌から三時間車で走ってようやく着いた。

車から降り、歩いて行った。左の方に遊牧民の家が一軒あるきりで、ここも周りは沙漠だ。右前方に土塊が一つ見える。あれが玉門関だ。今は門だけになっている。李白の「子夜呉歌」に「秋風《しゅうふう》吹いて尽きず／総て是《こ》れ玉関の情」とあるあの「玉門関」だ。長安で、兵として遠く辺塞玉門関の守りについている良人を思う妻の情が切々と歌われている詩だ。

王之渙の詩「涼州詞」に「春光度《わた》らず玉門関」とも歌われた、春の光さえ届くことのない西の果ての玉門関は、いまは全ての虚飾を剝がされて黄土色した正方形の土の塊として我々の前にある。しかし、一塊の土たることを露わにしても玉門関は我々の前に圧倒的な量感をもって迫ってくる。一個の意思を持って。その玉門関は鉄柵に囲まれていた。

玉門関の後ろにある小高い丘に登って千里の目を窮めようとしたが、丘からの光景は意外なものだった。河が流れていたのである。河の向こう岸は広々とした草原になっていて、たくさんの羊と馬が点々と草を食んでいた。ある点は動き、ある点は止まっていた。人と犬が見えた。飽きることなく沙漠をゆったりと流れる河と羊を眺めていると、いつしか日は傾き、羊や馬はいなくなり、全てが静かになった。私は立ち上がり、玉門関に向かって降りて行くべく、振り返った。すると、青黒く澄み渡った空にわずかに欠けた月が一つ浮かんでいた。

玉門関月は俄かに欠けて出る　久仁裕

玉門関はその堂々とした土塊を月の光の中に浮かび上がらせていた。そして、玉門関の影が沙漠に淡く落ちていた。鉄柵に囲まれた玉門関の中に住むという王藍山と名乗る男の影もぽつんとあった。

ガイドの劉麗は、「あの男は私と一緒に十五歳のとき北京から下放されてここに来たのです。私たち二人はあの羊飼いの家に住み込み、羊ちゃんを飼っていました」と言った。文革が終わり北京に戻ることができたのに、あの男はここに残り関守になったのだという。なぜ北京に帰らなかったかはっきりしない。聞くところによれば、彼がここに来て数年後に、雲南に下放されていた彼の愛する人が湖で死んだという。春の光はついにここまでこなかったのである。その後、王はなぜか鉄柵の鍵を手に入れ、玉門関を見に来る観光客を一回十元で入れてやって稼いでいるのである。そして、それで生活しているのだという。鉄柵の中から十元と鍵を見せるのだが、彼が着ている人民服が余りに汚れているので、客は余り入らないという。

王と話をしている劉麗を残し、私は、今は一箇の正方形の土塊となった夕暮れの玉門関を一回りしてみることにした。それは、土塊の裂け目のように見える玉門関の正面の入口をまっすぐ行ったところには出口が見えなかったからである。出口は正面の入口から見て左側の辺にあった。玉門関は、正面から入り、左へ抜ける構造になっていたのだ。これは、日本の城にも見られる枡形門の構造と同じだ。要するに正門が敵に突破されたときに一旦枡の中に敵を入れワンクッション置き、なお且つその敵が正門から一直線に次の門を突破し、城の内部に侵入できない構造になっているのである。

玉門関は城壁に囲まれた西域に対する前線の城塞であったが、巨大な土でできた枡形門を残し、あとは全て沙漠に戻っていた。

玉門関に住むという男の姿も劉麗の姿も夕闇に消え、季節は違うが、私は唐代に長年西域経営に活躍した岑参《しんじん》の「胡笳《こか》の歌、顔真卿の使いして河隴《かろう》に赴くを送る」の一節を口ずさんでいた。

涼秋八月　蕭関《しょうかん》の道
北風吹断す　天山の草
崑崙《こんろん》山南　月斜めならんと欲す

遠い昔、小倉へ向かう列車の中から中天にかかる月を見て、同じようにこの「胡笳の歌」を口ずさんでいたことを思い出しながら。

私は、天山山脈や崑崙山脈の近くに来ているのだ。明日は天山北路と天山南路の分岐点の吐魯番《トルファン》である。青々とした葡萄棚の下を静かに妻と歩もう。

ある会話——北京

二年前の北京でのことです。

渋滞で止まったバスの中から何気なく窓の外を見ると、奥客隆賓館という小さなホテルがありました。余り明るくはない門灯が点っていました。ロビーには初老の男女が向い合って坐っていました。テーブルには取っ手付きの湯飲みが二つ。とても良い雰囲気が伝わってきました。一体何を話しているのだろう。耳を澄ますと聞こえてきました。女の声でした。

「私は文革の時、十八で内蒙古に下放されました。草原で羊を飼うのです。毎朝、一時間くらい歩いて湖の近くの草原に羊たちを連れて行くのです。私は、青い湖をただ眺めていました。夕方、その羊たちをまた連れて帰るのです。七年後、文革が終わり故郷の上海に戻りました。その後日本語を勉強し国際旅行社のカイドになりました。」

男の声が言いました。

「私は、雲南省にいました。話劇（新劇）をしていましたが、劇団員全員が雲南に下放されたのです。粗末な共同住宅に住み、毎日畑を耕し、野菜を作っていました。雪を頂いて輝く遠くの山々の眺めは今もよく覚えています。」

二人は、青年期を生きた文革時代のことを語り合っているのでした。

再び女が話し始めました。

「単調な毎日でしたが、一つだけ不思議なことがありました。それは風の強い日でした。草原の草々は一斉に西になびき、ぴゅうぴゅうと音を立てていました。その風に乗って草原の向こうから歌声のようなものがとぎれとぎれに聞こえてきたのです。それを聞いているとなぜか悲しみが心の中に満たされるようでした。しかし不幸ではありませんでした。」

「何だったのですか」と男は尋ねました。

「その時はわかりませんでしたが、上海に戻って再び聞くことになりました。『きんらんどんすの／帯しめながら／花嫁御寮は／なぜなくのだらう』。*日本の歌でした。」

「そうだったのですか。では、その歌がなぜあなたの耳に聞こえてきたのでしょうか。」

「わかりません。でも、あなた……。」

私の話はここまでです。バスが動き始めたのです。

五月の北京の曇り空の下をゆっくりと。

＊蕗谷虹児作詞・杉山長谷夫作曲「花嫁人形」。

西安の月

徳福巷の藍山というカフェに珈琲を飲みに出かけたのだが、五分ほど歩いても右に曲がる道がない。西安の高さ十二米、厚さ十八米の城壁の内側にそって西に一直線の道があるばかりであった。気がつけば薄暗い街灯が点っているだけ。住民の気配はない。勢い早足になった私を後ろから女が呼び止める。

「こんなに良い月が出ているのに。ゆっくりと歩きましょうよ。」

頭をわずかに上に向ければ一片の三日月が一直線の道の向こうに浮かんでいた。

三日月の背後に円い月の影がかすかに見えた。

長安一片の月
万戸《ばんこ》衣を擣《う》つの声
秋風《しゅうふう》吹いて尽きず

と李白の詩が浮かび、

天の原振りさけ見れば春日なる三笠の山に出でし月かも

と阿倍仲麻呂の歌が、晩春にもかかわらず浮かんでくる。

あせりゆえに次々と詩歌が浮かんでは消える。

私は「ここは危険だ」と、月を仰ぎながら口に出す。

一層の早足で黒い磚《せん》の道を私は歩いた。しばらくして路上に黒い塊が見えてきた。近づけば、人が綿服に包《くる》まって路の真ん中に仰向けになって眠っている。

家の中では暑くて寝づらいので路上に寝ているとは見えず、一瞬不思議な感じがした。おそらく路上生活者であろうが、ふつうなら人っ子一人通らないはずの城壁の下の道を、私は急ぎ足で通り過ぎて、彼の枕上を乱したのであった。

しばらく行くと、暗闇の向こうに「上島咖啡」の文字が輝いて見えた。

数日後、私は日本に帰りN駅に降り立った。頭上を見上げると、あの時と同じような三日月が一つぽつんと浮かんでいた。

火車站

大連火車站《かしゃたん》に入ってすぐ右の電光掲示板「售票信息《しゅうひょう》」上に、日本近代史に現われる地名が赤く輝いている。座席の空き状況を知らせる装置だ。多くの真剣なまなざしが並ぶ。横の若い婦人の眼はひときわ真剣だ。一体どこへ行くのか。よく見れば、先ほど信号のあたりでぬいぐるみを沢山入れた大きな袋を地面に下ろして、人待ち顔に立っていた人だ。

彼女の両の目の行き着く先を辿って行くとそこには、図們《ともん》とあった。国境の町だ。図們江（豆満江《とまんこう》）の対岸は、北朝鮮だ。十時二十五分発の図們行きは、軟座車の指定席は売り切れであった。残っているのは硬座車。大連から図們まで、二十一時間三十分かかる。

私自身はどこへ行ったらよいのか決めかねて、例によって呆然と瓦《が》房店《ぼうてん》、図們、通化、牡丹江、山海関、斉斉哈爾《チチハル》……といった行き先を見つめている。周りの人も変わり、電光掲示板上の地名も変わる。横にいた若い婦人もいなくなった。どれもこれも強烈に私を招く。決めれば、ただちに蜂の唸るような構内へと進み、切符を買うために長蛇の列に加わるのだ。

電光掲示板見上げる女の胸に玉《ぎょく》　　久仁裕

来遠橋

林芙美子の『浮雲』の舞台「安南」へ旅した。費用は十七万円。ホイアン（『浮雲』では「ヘイホ」）では、ふとしたことでブルガリアから日本に留学中の若い女性と知り合った。

瓦葺の屋根のある来遠橋（別名日本橋）という古い木造の橋を渡りながら話をした。

褐色の長い髪が時折揺れる。研究テーマは日本語の「自発表現」だという。ブルガリアにも似た表現法があるという。「昔のことが思われる」といった表現法で、独りでにそうなる様を表す言い方らしい。非常に古くからある言い方だといったので、昔の人は主体性がなかった訳だと私がいったら、すかさず、日本人の主体性のなさは昔に限ったことではない、と彼女。なるほど日本人は歴史を見る場合も時の勢いなどというね、と私。

残念なことに来遠橋をここで渡り切ってしまった。

彼女は、そのまま真っ直ぐ葬儀の楽団の演奏が鳴り響く「マッチ箱を二つづつ重ねたやうな白壁塗りの家並」（『浮雲』）の中に消えて行った。

私は、十六世紀に日本人が架けたこの橋を『浮雲』の加野のように写真に撮り、運河の方へ歩いて行った。

雨

六月の初め。花蓮は雨。赤や青の色鮮やかな家形の墓が雨に濡れて並んでいる墓地の傍らをバスは走って行く。私はぼんやりと雨脚の向こうを眺めている。

猛々しく枝を繁らせている雑木林にさしかかったときだ。煉瓦造りの粗末な家が一軒、朽ちかけ、打ち捨てられたように立っていた。その家の壁に大書された赤い四つの文字が目に入ったのである。

「還我土地」

かつてこの廃屋とともにあったに違いない人物の叫びが聞こえた。

バスは私を乗せて何事もなく通り過ぎて行ったが、「我が土地を還せ」という言葉は、今も私の中に残っている。

「還我土地」と書いたのは、誰だろうか。どのような経緯があってあのような行為に到ったのか分からないが、その人物が納得の行く形で土地を失ったわけでないことは確かである。

蕭々と降る雨の中のあの赤い文字を見て、様々なことを思わずにはおれなかった台湾であった。

そして、一月が経ち、私は今、バスを降り、ＪＲのガードの下を向こうへ抜けるため、傘を右手に提げて歩いている。ここは、二、三年前まではペンキやスプレーによる落書きで一面埋め尽くされていたところだ。

ガード下のコンクリート壁は、今は画家達による絵で埋められている。

その一つに、歩いている人物のシルエットが幾つも連続して描かれているものがある。すべてコピーしたように同じ姿勢で描かれているので、一人の人物の瞬間瞬間の歩行する姿を見るようである。先頭を行く人物は、四角に穿《うが》たれた壁の穴から別の空間へ今まさに入って行こうとしている。

その絵の下に、落書きは封じ込められてしまったのだ。だが、封じ込められた落書きとはどのようなものだったか思い出そうとしてもはっきり思い出すことはできない。

かすかに、雲形定木で書かれたようなものが、ふわふわふわふわふわしていたことが思い出される。

ガードの隙間から雫が幾筋も幾筋も緑色の人物のシルエットの上を滑り落ちて行く。

私は、次の絵に歩を進める。迷路のように入り組んだ白い道が明るい小豆色の帯の上に延々と描かれている。途中に徘徊する鰐や犀や象。その絵の上でもう一度落書きをするというエネルギーは最早残っていないのかと、道の一つを傘の先で辿りながら歩いて行くと、一枚の高利貸しのビラに行き当たった。

傘を差しながらこちらに向かって真っ直ぐに歩いて来る若い男女と擦れ違い、ガードの向こう側に出る。こちらもやはり雨。

禍々しいものたちに満ち溢れたビルの林立するこちら側は、見えない落書きに満ち溢れたあちら側でもあった。高層ビルに雨が当たって発するジー・ジーという音に混じって、多くの人の叫び声や呻き声が聞こえて来る。

私は、相も変わらず梅雨空のもと傘を差しながら黙々と歩き続ける。そして、ふと思い出す。赤い大きなハート形の落書きの上に、黒い凶という文字があったことを。

落書きの多くは凶とさみだれて　　久仁裕

タージ・マハルにて

沈黙の棺ひとつを描き終わる　　久仁裕*

*以下、同。

「インド二度目なんですってね」という声が突然背後からした。私は、タージ・マハルの中に安置されているムガール帝国皇帝シャー・ジャハンの妃の棺をスケッチ帳に写し終えたばかりだった。「暗くて、なかなかうまく描けなくて」と、今描いたばかりの棺のスケッチを見せた。「よく描けてますよ」とお世辞をいう。

彼女と共に外に出た。インドの五月は暑い。タージ・マハルの白い大理石の基壇の上を大きな影に沿って歩いた。

彼女は、昔、染色の方に進みたかったそうだ。しきりに白い壁を覆う唐草文様に似たパターンを撮っていた。パターンは花と茎と蔦を図案化したものだ。白大理石に濃緑、臙脂、薄黄などの無数の宝石の象嵌によって描かれている。曲線が美しい。

いつか、落ち着いたら染色をやってみたいとも言っていた。そのいつかのために、インドの前近代の文様を集めに来たのである。

私は、いつかでは惜しいと思い、東京でアニメーションを作っている長男のことを話した。彼は、感性を磨くために焼き物を数年前から始めていた。その彼が妻に自作の茶碗を送って来た。白地に原始芸術によくある鹿や駱駝、馬のようなものが群青の線で描かれていた。

それは、私が敦煌莫高窟やベゼクリフ千仏洞などシルクロード諸国で仏教が盛んだったころに作られた石窟寺院を見に行ったとき、トルファンで手に入れた『新疆石窟画』という本の図版を写したものだった。

彼女は聞いた。「敦煌へは何日くらいで行けますか」と。

基壇から七、八米下の地上では、強い太陽光のもと、赤、青、空、紫の色とりどりのサリーが、あでやかな上にあでやかに妍《けん》を競っている。

炎熱の地を這う影の形良し

話題は、我々一行が、デリー、ムンバイ、オーランガバードと飛行機を乗り継いで見て来た西インドのアジャンタ、エローラの石窟寺院に移った。彼女は岩盤に鑿《のみ》で穿《うが》たれた石窟寺院の生きているかのような文様に興味を持っていたが、私の関心は、岩盤を穿って作られた石窟寺院の壁に彫られた仏や神々の像の姿である。

ここの石像は、岩盤から直接彫り出されたもので、岩盤から分離してはいない。その石像たちの表情、姿態に興味があったのである。

特に素晴らしい彫刻群は、岩盤から百年掛かって丸ごと彫り出されたエローラのカイラーサナータ寺院にある。ここは破壊と再生の神シヴァ神を祀るヒンズー教の寺院である。そのシヴァ神の象徴であるリンガ（男根）を安置する奥の院の裏の壁面にある神々の像に私は惹かれた。リンガのところで靴を脱ぎ、奥の院の脇を後ろに回る。壁面に強い光に陰影を際立たせて、浮き彫りの神の像（恐らくシヴァ神）たちははっきりとその姿を現していた。

神々は、いわゆる三曲法と言われる豊満な体をS字にくねらせた姿態を取っており、首を傾げたように見える。その顔には、岩盤から完全に自由になることができない神々の深い悲しみが見えた。

ここまで話をしたとき、彼女は少し首を傾げた。神々が自由になりたがっているということが分からないらしい。浮き彫りといえども、それはようやく岩盤から姿を現し始めただけである。完全に岩から分離した像となったわけではないと話すと、「そういうことですか」と一言。

この壁面でさらに素晴らしいのは、飛天たちである。見上げると、衣を靡かせた豊かな胴体に、あたかも飛んでいるかのごとく二本の足を引き寄せ、首を傾げ空中に浮かんでいる。しかし、たとえ足が壁

（岩盤）から浮き出ていようとも壁から分離してはいない。まだ岩盤の一部なのだ。

青空を見上げる飛天の石の足

ここの極めつけは、何面もの顔、何本もの手を持つ悪神ラーヴァ像である。寺院の一番下に封じ込められ、そこから逃れようと幾つも手を絶望的に動かしている神である。浮き彫り度が高いせいで余計哀れに見える。

ここまで話したとき、私たちは、タージ・マハルの基壇の降り口に来ていた。話はここで終わった。

私は話に熱が入り、彼女の貴重な時間を奪ってしまったことを謝した。

彼女と別れ、しばらく門に向って歩いた。振り返ると、木々の間からタージ・マハルの巨大なドームが見える。一分の隙もない均整のとれたその建物は、美そのものであった。
その美しい建物からわずかに目を逸らすと、ああ、つややかに青葉を茂らす無憂樹のもとを、ストローハットの彼女が一人歩いて行く。

無憂樹に笑顔を向ける人のあり
ストローハット何処へ帰る亜大陸

峡湾《フィヨルド》

峡湾《フィヨルド》

白夜の峡湾は鈍く光を放っていた。

汀では水が音もなくひたひたとよせては返していた。

海岸線から数百キロメートル続く大河のような湾はここで終わっている。汀に立つ私の後ろにはもはや水はない。

前方は、左右に千メートルの断崖が連なり、断崖と断崖の間に峡湾は無言のまま揺れていた。静寂がそこにあった。

私は水平線の向こうのうす暗い青空を見詰めた。

やがて、この静寂に耐え切れなくなった私は、両手で水を掬い、そして、舐めてみた。わずかに鹹《から》い。確かにこれは海であった。

海水が零れ落ちた両手には小さな銅貨が残った。王冠が刻された傷だらけの銅貨であった。φＲＥ・ＮＯとかろうじて読めた。それを峡湾に向って投げた。傷が一瞬光って落ちて行った。

日差しは弱い。世界は仮の光に照らされているかのようだ。その仮の光に照らされた峡湾の汀に沿ってゆっくりと歩いた。柳蘭が風に吹かれて、少し耀いている。

周りは漸く薄暗くなり始め、見せかけの夕暮れのような不思議な色に染まって行った。

水平線の向こうからは限りなく波がよせ、時折風にふるえる。

断崖の陰からは大きな影がしずかに現われ、一声吠える。

瞑想の峡湾《フィヨルド》愛は捨て難く　　久仁裕

白夜

私は、トラム（路面電車）の線路に沿って夢遊病者のように歩いていた。時々体がぐらっと右に傾く。午後九時にヘルシンキ中央駅に着いた。駅の木の扉を開けて中に入ると、左右にファーストフードの店が並んでいる。そこから少し行くと左がホームだった。

扉を押して外へ出れば、そこはシベリア鉄道の終点だ。私は、大きな天蓋のあるホームに立って、目を細めた。そして、遥か東の松花江（スンガリ）の鉄橋を渡って更に北へ行く長い列車の黒い影を見霽《みはる》かす。

振り返ると、ホームに面したレストランのガラス窓の向こうで、一人の金髪の若い女性がハンバーガーを食べながら、停車中の列車の背後に広がる日に焼けた写真のような世界を見つめていた。

プラハ

プラハは雨。

ホテルの窓からトラムのロータリーを見ている。

ここはトラムの終点。屋根付きの粗末な下車ホームで乗客を降ろし、ぐるりと一周して方向転換をしたトラムは、乗車ホームで人々を乗せ、今来た方へ向かって出て行く。

街路樹の満開の八重桜は、雨に濡れて重たげだ。

今また、赤と白に塗り分けられた二両連結のトラムが来て、二人の乗客を降ろし、ロータリーを一周して行ってしまった。

今日は土曜日だから、人もあまりいない。しかし、トラムは頻繁にやって来る。

ふと気が付くと、昨日の朝七時頃このあたりを散策した折に見かけた、薄汚れた赤いダウンジャケットを着た男が今日も立っていた。その男は、昨日下車ホームにある台の上で何やらごそごそしていたかと思うと、小さなものをさっとごみ箱に捨てたのだ。舌打ちをし、険しい顔をして。

雲も切れ、道路に面して並ぶ四、五階建ての建物の赤い屋根屋根の背後に、緑に包まれた丘陵が美しく輝き始めた。

日本に帰る朝のことである。

ドゥオモ

楽しい時は過ぎ去るのが早い。

ドゥオモ（サンタ・マリア・デル・フィオーレ聖堂）をレースのカーテンごしに眺めながらの食事を終えて、ドナテッロの小さな店という名のレストランを出ると、外はすでに黄昏ていた。

観光客のざわめきもなく、静かな宵の空気の中に美しいドゥオモは、私の間近にあった。

透き通るような黒みを帯びた青い空に、巨大なドゥオモを形作る大理石が、その白と緑とピンクを昼の光のもとで見るよりもいっそう際だたせていた。

私たちは、ホテルへ帰るために、ドゥオモの裏の広場にあるタクシー乗り場へと石畳みを歩いて行った。タクシー乗り場には車は一台も停まっていなかった。私は、それを確かめた後、美しいドゥオモをもう一度見るために振り返った。

ドゥオモはあった。そして、ドゥオモの左には、同じ白と緑とピンクの大理石でできた高さ八十四米の四角いジョットーの鐘楼が、すっくと立っていた。

私は、さらに美しいものを、そこに見た。

見上げる鐘楼最上階の右少し上に、一番星が輝いていたのである。光をわずかに残した西の空に金色に輝く一番星を見上げながら、ここへ来て、よかったと思った。

冬

電燈のオレンジ色の光というものは、何かしら人を懐かしい気分にさせるものだ。もう十二年も前になるが、未だに忘れられない電燈の光がある。それは、青と白のエルミタージュ美術館（冬宮）と道一つ隔てた、薄茶色の三階建ての煉瓦づくりの建物の二階に点っていた電燈だ。なぜか点っていたのはここだけであった。時刻は三時頃で、あたりはすでに薄暗く、その電燈の光は一際印象的だった。

私は無性にその電燈の点る部屋へ行きたかった。それは、いつの日か会うことになっている、ある誰かがいるように思われたからである。

そんな風にやや感傷的に電燈の光を眺めている私の背後で、声がした。振り返ると凍ったネヴァ河の向こうの灰色の空にペトロパブロフスク要塞の金色の尖塔が不気味にそびえていた。

G町

G町にて

G駅から地上に出ると、海のにおいが微かに震えた。そして、一つの光が細長いゼリー状のものとなって、静かに漂っていた。

やがて、そのゼリー状の光は、上下左右に不規則に揺れながら、時おり、激しく上昇したかと思うと、白い半透明の粒子となって、四方に弾け飛んだ。あたりは、一面、泡立つ光となった。

だが、しばらくすると、光も落ち着きを取りもどし、周囲の光景を私に見せ始めた。私の右には、かつて万里の長城と呼ばれ、この町が誇った高さ十五米の防潮堤がある。巨大なコンクリートの塊である。左には、防潮堤の高さほどもある鈴懸の並木と白い道。私は、アスファルトの黒い歩道に立っている。

G町に来たのは、理由などなかった。

鈴懸の葉は、依然として動かない。空に浮かぶ積乱雲も、さきほどから口を開けたままである。その真白い雲を見上げて、「兵士」と、つぶやいてみたが声にはならなかった。少し大きく喉を震わせて、父の名を呼んでみたが、やはり声となって響き渡ることはなかった。

しかし、静まりかえったこの世界から只一つ聞こえてくる音がある。それは、防潮堤が微細なコンクリートの薄片となって、崩壊し続ける音だ。この防潮堤は、昭和X年のG町の大津波のあと、人柱を沈めた上、完成した。なぜ、昭和の御代に人柱なのか。防潮堤自身が、それを問うているに違いない。問うことは、崩壊することなのだ。

防潮堤に沿って歩く。砂埃一つ立たず、眩むばかりの明るさである。白い道を、影だけになった自転車が一台、追い抜いて行った。しばらく行くと歩道はとぎれ、四角い建物が一つ立ちふさがっていた。

その建物は、周囲を黒い波打つトタンで覆われ、その一角が一部朽ちて、直径一米ほどの穴が空いていた。穴から内部を覗くと、煉瓦製の焼却炉のようなものが、盛んに赤い炎を立てて、燃えていた。

穴から内部へ、息をひそめて入る。

中はそれほど暗くなく、歩き回るのに不自由はない。床には金属屑が埃を幾重にもかぶって、散らばっている。しかし、乱れた気配はない。この建物は、かなり以前から使われていないらしい。

ふと気がつくと、靴に当たるものがある。足元を見ると、そこには、〈漢字〉があった。N町で見て来たものだ。丸く打ち抜かれたような、五百円硬貨ほどの金属状のものである。その表面は、〈漢字〉が一字浮き彫りになっており、厚さは四粍ぐらいである。何枚か打ち重なって、白く光っていた。私は、その中の一字を拾うと、炎の中に投げ入れた。すると、炎は一段と耀きを増し、たちまち青紫色に変わった。

眼を閉じて、静かにN町のことを思った。

N町の姿は変わってしまった。なぜだかわからないが、ちょうど一年前の初夏ごろから、言葉を喋ると、それが口から出たとたん、丸い金属状のものとなって、地面に落ちるようになった。初めのころは、歩道に落ちる金属化した言葉の音が、あたりに谺し、まるでそれは、鈴虫が鳴いているかのようだった、という。私も、初めてこの現象を経験した時は、こんな季節に鈴虫とは珍しいと、あたりを見回したのであるが、当然のことながら、そこには鈴虫はいなかった。初夏の陽を浴びて、直径二十五粍ほどの丸いメダル状のものが、三枚白く光っているだけであった。〈漢字〉が三枚落ちていたのである。これは一体何か。屈んでそれを拾うと、掌に三枚を並べ、一緒に歩いていた友人に見せた。すると彼は、ポケットから同じようなものを取り出し、黙って私に差し出したのだった。彼の掌と私の掌の上にある丸い金属状のものの表面には、鮮やかに〈漢字〉が浮き出ていた。

友人は、彼の〈漢字〉を再びポケットに納めると、無言のうちに、ある一点を指さした。私は思わず嘆声を上げようとした。左斜め前方から、こちらに向かって歩いて来た二人連れの男女の口から、同じような丸い金属状のものが、こぼれ落ちようとしているではないか。彼らは、まるでそれを楽しんでいるかのようであった。

だが、彼らの口の前に素早くさし出されたものがあった。白い二本のたも網だ。キラキラと丸いメダル状のものが、網の中に落ちて行った。それは、あっと言う間に小さな車のついた白い函の中に放り込まれた。たも網の持ち主は、二人の男たちであった。彼らは、何から何まで白づくめである。上から、白い帽子、白いマスク、白い作業着、白い靴、そして左腕には青白い腕章をはめていた。二人の男たちは、私たちを一様に睨み、人差し指を口に立てると、白い函を引きながら、どこかへ行ってしまった。

友人は、私を地下街へと誘った。薄暗い地下街であった。聞いていたN町の地下街は、もっと明るかったはずである。階段を降り切ると、そこは地下の十字路、中央の噴水がしずしずと四方をぬらしている。天井の蛍光灯はすべて消され、オレンジ色の非常灯がにぶい光を放っているだけだった。友人は、そこで初めて口を開いた。

要するに、彼の言うには、こうだ。

「君自身が経験し、見たことは、手品なんかじゃない。トリックなどではない。喋った言葉が口から出たとたん金属状の丸いものになるのだ。僕たちはこれを、言葉の金属化現象と名付けた。

こうなった理由はわからないし、誰も研究などしていない。ただ、一定の明るさのある所では、ああなるのだ。その現象が起こるようになって半年後には、昼間地上で喋る人はいなくなり、地下街の蛍光灯は消された。たまに喋るのは、君も含めて他の町から来た人くらいだ。

それから、たも網を持った白づくめの男たちは、それ専門の処理官で、ピークを迎えた昨年の九月など、金属化した言葉の処理で、町中いたる所に立っていたものだ。これには政治が絡んでいるわけではない。ラジオ、テレビの音声は、すべてイヤホーンからになった。ただし、薄暗い所で聞けば別だが。

この現象には、不思議なことが二つある。一つは、金属化するのは、漢語に限られているということ。もう一つは、N町の行政区画内だけで起こっているということだ。隣りのT町では、今の所何も起きていない。」

友人の話を聞きながら、私は、平安時代中期、諸国を巡って阿弥陀仏の名号を唱えること、すなわち念仏をすすめたという空也上人のことを思い出していた。空也が念仏を唱えると、その言葉＝念仏は、ことごとく仏の姿になったという。ある寺で確かそんな空也上人の像を見たことがある。空也の口からまっすぐに突き出た細い棒の上に、一列に並んでいる小さな仏たちがある像だ。イメージを即物的に表現した、面白い像だと感心したことがある。それによく似た現像が、今、このN町で起こっているのだ。

先ほど拾った三枚を改めて眺めた。口にした漢語に間違いなかった。

友人と別れて、G町へ行く地下鉄に乗ったのは、それから少ししてからである。G、それは数年前廃された町である。地下鉄の駅だけ残し、いつの間にか誰もいなくなってしまったと聞く海辺の小都市だ。原因は、わからない。思うに、原因などなくても一向にかまわないのだ。今は誰も原因をあれこれと穿鑿する時代ではないのである。現に、N町では、口から出る漢語はことごとく金属片になるというのに、人々は原因など気にしていない風だ。初めは驚きの声を上げたに違いない。しかし、今は、沈黙と薄明の中に何ごともなく住み続けている。とにかく、人々は喋らなくなってしまった。夜は早く寝に就くか、薄暗い灯火のもとで、ぼそぼそと語り合うだけ。昼間でも夜間でも地上に響くのは、自動車の行き交うかすかな音と、犬猫の鳴き声、動物園の獣の遠吠えぐらいになってしまった。ただ例外は、黄昏時と夜明前のほんの一時。その時は、N町全体がざわめき始めるのだ。だが、それも始まりだけで終わり、すぐに静寂が訪れるのである。

地下鉄も、非常灯だけが点いていた。薄暗い車内には、乗客が三人ゆらゆら揺れていた。彼らは電車の通路の中央に吊り革にも頼らず、窓の方を向いて立っていた。何が面白いのだろう。時々発作的に真暗な外を指さしては、そろって海藻のように笑っている。三人は、ああして地獄に行くのだ。

やがて、Ｂ紙いっぱいに書かれた「Ｇ」という文字が目に飛び込んできた。Ｇ駅に着いたのである。私は、濛々とした砂埃の中、一人プラットホームに降りた。地下鉄構内は、Ｇ海岸から吹き込んだに違いない砂によって完全に覆われていたのである。

階段を昇って地上に出たのは、ちょうど太陽が中天にさしかかったころであった。

突然、猿の鋭い声が響いた。私は、思わず眼を開け、すぐに天井を見上げた。すると、高さ五米ほどある天井の一角に、確かに猿はいる。黒い小柄な猿である。天井の梁にぶら下がりながら、別の手にあの丸い金属片を持って、じっと私を見つめている。しばらくして、互いの視線が合うと猿は視線をそらし、あの煉瓦で出来た焼却炉のようなものに眼を移した。

その時、焼却炉のようなものの中に燃えさかる炎は、いよいよ耀きを増していた。するとみるまに炎は炉から外に飛び出し、渦を巻き始めたのである。炎の渦が、眼の前で急速に大きくなり、その大きさが私の背丈の倍ほどになったころ、炎の中に巨大な銀色の塔が見え出した。しかし、塔は、尖端から崩れ始めていた。塔を構成する銀色の鉄骨が、互いに結合し合う意志をなくしてしまったかのように、次々と連鎖的に崩れて行くのだ。意味もなく。

気がつくと、落下する無数の鉄骨に混じって、あの黒い小柄な猿が落下して行く。だが、その猿もやがて見えなくなり、なおも意味もなく崩れ続ける塔があるばかりである。

無意味か。そうだ、猿は落ちて行く時、俺はどうして落ちて行くのかといった一種釈然としない風の表情をしていた。猿は知らないのだ。此の世界では、理由を問うことなど不要だということを。地下鉄の三人は、ゆらゆら揺られて、笑って地獄へ落ちて行ったではないか。

時が来たのかもしれない。さあ、あの炎の向こうに銀色の塔を訪ねよう。私は、大きく深呼吸すると、青紫色の炎に向かって一歩踏み出した。その時、鈴虫の鳴き声が微かに聞こえた。

スロットマシン場

実に汚い所にある。

コンクリートの階段を二十段ほど降りた地下がスロットマシン場だ。床は地上から吹き込んだ褐色の砂状のものに埋め尽くされている。客は、そのさらさらの砂状のものを砂漠を行くような足取りで一歩一歩ゆっくりと、お目当てのマシンの所へ向かうのである。

一つ一つの機械はコンクリートの壁で仕切られている。その仕切りの中に置かれた機械に向かって薄汚い人々がゲームに熱中している。私はその中の一人だ。おのおのの仕切りの内部は、異臭に満ちている。ここでは、何時終わるとも知れないゲームが、数多く展開されているからだ。管理事務所からは、この仕切りから二十年出ない人もいると聞いている。

赤や青や紫それに裸電球のオレンジ色が明滅する。ここに来る人達はゲームの点数よりもそれらのネオンランプ、裸電球の綾なすめくるめく世界に我が身を預けに来るのだ。

パチンコ場のように景品はない。十万点出れば、もう一度出来る。百万点出れば、一日出来る。一千万点出れば、一月できる。九千万点出れば、一生出来る。私の今回のゲームは今のところ九十万点だ。今回は立て続けに三度の紫のランプが明滅した。紫―紫―紫は十万点だ。しかし、いくら高点だからといって喜んではいられない。同じ色ばかりでは酔えないではないか。あらゆる色が明滅しなくてはならないのだ。全部で四十八色ある。紅赤、赤、朱色、だいだい色、蜜柑色、山吹色、黄色、象牙色、レモン色、薄緑、黄緑、緑、深緑、暗い緑、灰緑……黒に至る四十八色だ。点数は、それぞれの色の組み合わせによって違っている。一ゲームでこの四十八色全部がある一定の順序で明滅したら、九千万点だ。これは、かつて一度だけ出たとも出ないともいう。現在一年以上の人は数人いるようだが、「一生点」ではないようだ。「一年点」は少なくとも一人はいる。それは間違いない。半年前に彼が「一年点」を出した時、ちょうどその仕切りの前を、私が通りがかったのだから。彼は、その時、喜びのあまり溲瓶を手高く差し上げ、「乾杯！」と大きく叫んでいた。この前彼の仕切りをちらっと覗いてみたら、蜘蛛のような手で息を継ぎつつレバーを引いていた。高点者についいて、後ははっきりしない。

「一生点」が出ないのは、G町民生局の見解によると、人それぞれの色の好悪が邪魔するのではないかということである。だから紫を立て続けに出したから、私の今のゲームには「一生点」の可能性はない。九時半から始めてこれで九ゲーム目だ。一ゲームは約一時間。私の網膜にはかなりの色が混ざりあって、言うに言われぬ色の世界が見え始めていた。

と、いつものように突然アラームが上着の内ポケットから鳴り響く。私はそろそろA市へ帰らなくてはならない。十九時三十分発の最終列車に乗らねばならないのだ。

この地下ゲーム場を出てから土手を走って一時間弱の所に、最近G

町――A市間に開通した超狭軌高速度鉄道G町駅があるのだ。

煉瓦が溶けて風化し砂のようにさらさらした褐色の粒に覆われた地上に出ると、満月が中天にあって同心円状の光の輪を波のように次々四方に輝き放っていた。かつて、ここは工場であった。だが、今は崩壊しきっている。盗人萩が風化煉瓦粒から伸び出し生い茂り、スロットマシン場の入り口への道を迷路にしてしまっている。土手に出るまでにかなりの種の付着を覚悟しなければならない。

そう、春はいい。春になるとどこからともなく袋を持った人々が土手に集まってくるのだ。そして、終日土筆取りに精を出すのである。しかし、彼らは決してコンクリートの階段を、スロットマシン場へと降りて行くことはない。土筆を抜く度に、死んだ父や母、そして子どものことを、思い出すことが出来るからである。

その日私は、列車に間に合い、A市にあるホテルGに帰った。

無明の瀧

デパートGの屋上は、見るも不思議な様相を呈していた。

屋上から見るデパートの裏側は、満々と水を湛えた大河であった。

その大河へ、屋上から垂直に幅二百米にわたり、水が落下していた。

この水は、屋上のフェンスに沿って湧き出し、それが瀧となっているものである。濛々たる水煙をあげて、限りなく水は落下している。

その瀧はまた、御多分に漏れず投身自殺の名所でもあった。今も青い背広を着た若い男が、両手両足を四方に広げてばたばたさせながら、水煙の中をくるくる回って落ちて行くところである。

ああ、もう大河に着いた。

ああ、あんなところに浮かび上がった。柔らかく透き通った水の上にたゆたっている。

やがて、それも流れ去り、風が起こり、さざ波が川面に走った。風上をみはるかすと、大河の向こう岸に祖母が立っていた。白く光る石の河原があって、茶店があって、茶店の「五目」の旗が風に揺れていた。店の外側には大きな鉄の御釜が据えられ、五目飯が炊かれていた。


幼い私は、祖母に連れられて一つ違いの従妹の病気の平癒を祈りに、対岸の寺に河を越えて行くところなのだ。ここは、船着き場で、人々はここで一艘しかない渡し舟を五目飯を食べながら待つのである。ちょうど昼だった。祖母は楽しそうに周りの人たちと話をしている。話題は病気のこと、縁のこと、他人の消息のことだ。

私は舟が怖かった。乗りたくなかった。舟は、向こう岸まで張り渡された一本の太い針金を伝うようにして行くのだ。発動機の音が聞こえた。

祖母の姿が消えた。四十年も昔のことだった。この日のことは今となっては、私以外誰も覚えていない。祖母の野辺送りは私が二十五歳のとき済ませた。従妹はじき死んだ。寝かせておくことと、烏貝の煮汁を飲ませるだけで、どうすることもできなかったのだ。

しかし、叔母は半年ばかり子どもの肌着やパンツを毎日盥《たらい》で洗濯していた。そして、井戸端で洗濯しながら、家の角の方を時々見やった。

そして、何がどうなったのか。いつの間にか、大河の岸にこのような巨大なデパートメントストアが出現したのである。デパートの屋上のポールには、緑に白くGと染め抜かれた旗がへんぽんと翻っている。

このデパートが完成すると間もなく、屋上の河側のフェンスに沿って水が湧き出し、一月くらいのうちに大瀑布に成長したのである。この種のG町特有の現象は、すべて特別天然記念物に指定され、手厚く保護されている。現に屋上に立派なジュラルミン製の立札が燦然と輝いている。「特別天然記念物・無明の瀧。高さ百五十米、幅二百米。何故水が湧き出るか不明。然し乍ら、G町教育委員会、建之。」と読める。

この瀧を見物するには、くるくる回転する模擬飛行機を吊るした飛行塔の券を百五十円出して買うのが一番だ。この飛行塔は裏側のフェンスぎりぎりに立っているので、模擬飛行機が回転し出すと屋上から半分だけ外にはみ出るのである。そこで、空中飛行の模擬体験ができるわけである。飛行機がフェンスからはみ出したとき、眼下に「無明の瀧」が、まざまざと見えるのである。

模擬飛行機から見る無明の瀧は、水がフェンスのすぐ外の壁から、壁があたかも蜃気楼ででもあるかのように、止めどもなく抜け出ている。壁から湧き出た水は、このデパートの壁面を覆っている黒御影石を垂直に滑り落ちていた。途中、二十階くらいのところの外壁に張り付けられた同じく黒御影石作りの蓮華座の上に、金銅の阿弥陀如来像があった。結跏趺坐《けっかふざ》した阿弥陀如来に当たって水しぶきがきらきらと輝き散り、蓮華坐からは水は勢いよく空中に放射されている。

瀧に打たれてこの仏像は何を思惟しているのだろうか。何を見詰めているのだろうか。私の従妹のことを思惟し、私の祖母の姿を見詰めているのだろうか。きっとそうだ。対岸には、こちらに渡ろうと五目飯を食べながら舟を待っている祖母と私がいるはずである。

ああ、見えた。夏の陽光に光る針金をたよりに発動機をフルに回転させて小さな舟がこちらにやってくる。ああ、右手にラムネの壜を持ち、舟の中でひたすら空を仰ぎ続けている男の子がいる。紺碧の空に鳶が舞っている。

なおも、飛行塔は回り続けている。

私は、寂しさに耐え切れず、屋上のフランクフルトソーセージを売っている店で、百円玉一個と十円玉二個で買ったセブンスターに火を付けた。煙は後方に散って消えて行った。煙の散った方を見ると、黄色い模擬飛行機が飛んでいた。小柄な黒い猿が一匹乗っていた。

「どこにでも現われる奴だ……。」

この飛行塔は三機の模擬飛行機をぶら下げて右回りに回っている。

私の乗る青い機の前を飛ぶ赤い機には、恋人らしい二人連れの背中だけが見える。二人は、語らうでもなく、身を寄せ合うでもなく、身じろぎもせず、ただ先頭の木の座席に並んで座っていた。

どれだけ時間が経ったのだろう。太陽は大河のはるか向こうに連なる山並みに沈もうとしていた。すると突然、赤い機の男が立ち上がり、左右の手を羽ばたかせながら模擬飛行機から身を躍らせた。

しかし、男は千仞の谷底深く吸い込まれて行くように、きりきり舞いながらあっという間に大河へ落ちて行ってしまった。

私は静かに目を閉じ、

「飛べよかし！　飛べよかし！」＊

と、心の中で何度も叫んだ。

＊萩原朔太郎「遊園地《るなぱあく》にて」より。

G町ツアー

劇場の真っ暗な階段を降りて外へ出た時には、すでに午前零時を回っていた。昼間ここまで歩いて来たので、なんとなく帰りも歩き始めた。G町港まで行くのだ。

港まで行くには宅地化が進みつつあるがまだ家はまばらな「海が見える丘」を越えて行かねばならない。そう、G町はもともと港町だったのだ。それが、言葉の金属化という不思議な現象のために一旦滅び、いままた復興しようとしているのである。

かつてのG町のことなどを思い出しながら、私はぽつんぽつんと立っている街燈をたよりに夜道を急いでいた。すると建設中の木造二階建ての家を直角に右に曲がった時である、目の前にすーっと止まったものがある。バスであった。近付いてくるのに気付かなかったわけである。電動自動車であった。それに車体は灰色に塗られていた。

「お客さん、お乗りにならないのですか」と、中から女の声がした。どうやら、曲がったところがバス停だったらしい。

「港、行きますか」と尋ねると、行くとの返事だったので、乗り込んだ。乗客は十人くらいで、声は、車掌であった。私が乗り込むとバスは直ぐ発車した。バスの中は、明るいのか暗いのか分からない、なんだか光が漂っているような感じである。

「皆様、本日はようこそこのG町にお越し下さいました。メンバーもそろいましたので、本日の最初の見学地へご案内させていただきます」と車掌が少し鼻にかかった声で、アナウンスをした。

一呼吸置いて、「申し遅れましたが、私が本日皆様をG町ツアーにご案内させていただきます・・・子でございます」と自己紹介があった。

このバスは、窓には全て金網が張られていた。サファリパークへ夜行性の猛獣を見に行くわけでもあるまいし、と思っていると、「バスはこれから皆様を海岸道路へとご案内させていただきます。しばらくは、このG町が誇る絶壁、カンナ崎の景色をお楽しみ下さい。このカンナ崎は高さ百五十メートルの切り立つ垂直の壁が延々十キロメートルにわたって続くのでございます。そして、皆様のちょうどすぐ真下に、この絶壁の名の起こりである、カンナの大群落をご覧になれます。ただいまが最盛期で、赤や黄の色とりどりの花が咲き乱れております」と車掌が歌うように案内をした。すると一斉に乗客は金網に顔を押しつけるようにして外を見た。そして、やがて得心顔で銘々の形で目をつむり、眠りだした。私も外を覗いて見たが、何も見えなかった。

しばらくすると、一番前で煙草をくゆらせながら寝ていた壮年の男がいきなり、「おお、俺は鶏だ、俺は鶏だ」「俺には、赤いカンナも黄色いカンナも見えない」を芝居の科白を言うように大声でやり出した。その男はおしまいには、コケコッコーを連発し始めたので、一斉に目を覚ました他の乗客が「暑い暑い」とさわぎ出した。車掌は言った。「ただいま、冷房を入れますので、静かにして下さい。」私は、暑いのか寒いのか分からないから黙って寝た振りをしていた。

その間も電気バスはブーン、ブーンという低周波騒音を撒き散らしながら海岸道路をすべるように進んで行く。あの煙草の男がおかしくなったのも、この電気バスのせいかもしれない。でもこれはどうでもよいことだと思う。鶏にカンナが見えようが、見えまいが、世の中の大勢には影響はないのだから。鶏、鶏、鶏、鶏、鶏、鶏、鶏、鶏。鶏。

バスは、カンナ崎を走った後、海岸ぞいのわずかばかりの空地に停車した。第二の目的地だ。今度は降りて見学らしい。車掌は何も言わず、ただG町ツアーと書いた旗を持って先に歩きだした。


空地には例によって貧弱な街燈が一本あるだけだった。空地の隅から始まっている絶壁につけられた階段の道を真っ暗な海面に向かって降りて行くのである。車掌が懐中電燈を持って先導して行く。私は一番後であった。波の音が段々近くなって来る。私の顔に波しぶきがかかった時、車掌は口を開いた。「ただいまから工房を見学します。時間が限られておりますので、お早目にご覧下さい。申し訳ございませんが、この場所に限り、遅れた方は置いて行かさせていただきます。くれぐれもご承知おき下さい。では皆様出発いたします。」

車掌はそう言うと洞窟の中に入って行った。

洞窟の中はかなり広く、天井の高さも五メートルほどであった。G町ツアーの一行が案内されたのは、その中央に建っていた木造の高床式の建物であった。壁らしきものはなかった。何本かの屋根を支える柱があるだけの素通しの家だった。中には、二列の作業台らしきものがあった。台の上には、素焼きの器が幾つも載っており、それらの器には拳大の石が無造作に盛り上げられていた。

石には色々あって、奇麗な緑色の浮き出ているものもあれば、割れ目に波打つような縞模様の走っているものもあった。中でも、淡い紫色を発する石は殊の外見事であった。じっと見ていると視線が石に吸い込まれて行ってしまうようだ。宝石の原石に違いなかった。それが、ごろごろある。だが、さっきから誰もいない。暗い、無人の作業場

（工房）だ。

メンバーの一人のおばさんが、回りをきょろきょろっとしたかと思うと、黒のハンドバッグに素早く緑色の石をほうり込んだ。ちょび髭を生やしたカンカン帽のおっさんがそれに続いた。彼は、ブレザーの左右のポケットに一つずつだ。赤い光る石だ。結局全員石をくすねた。私は、床に落ちていた十センチほどの曲がったつるつるの石を二つ拾ってきた。台の上に散らばっていた穴の開いた小さな円筒状のものも欲しかったのだが、手を伸ばしかけたところで、洞窟の外から声が聞こえたので、思わず手を引いてしまった。

「みなさーん、時間ですよー」と聞こえる。車掌の声だ。何度も叫んでいる。私達はその家から洞窟の出口に向かって走り出した。

哀れにも先ほどの鶏男は、バスに帰ることは出来なかった。あの男は、出口の直前で、また「コケコッコー」をやってしまったのだ。そしたら、彼の目の前で洞窟の入口が閉まる、というよりも消えてしまったのである。

ともかく、一人を除いて我々はバスに戻ることができた。

車掌は、言ったものである。「たった今、皆様がくぐられた洞窟の入口は、G町の誇る特別天然記念物『時の門』でございます。また、『時の門』の中の工房は、G町指定の特別史跡『玉造り』でございます。玉造り達は、『時の門』が開く深夜には、どこかで遊んでいるのだろうと、教育委員会の先生方は言ってみえます。でも、本当のところはよく分かっていないのです」と。

明け方、G町港に着いた。

折から、港には古代型帆船であるガレー船が桟橋に横付けしていた。船腹から上下二段の列をなして無数の櫂が突き出ていた。早くN町港までの切符を買わなければと思っていると、このガレー船を背景にG町ツアーの記念写真を撮るのだと、車掌が呼びに来た。

潮が満ちて来たのか、一面水びたしになった桟橋で、私は「G町ツアー」と書かれた白い板を持って、にっこりと笑った。

バリの御盆にはペンジョルという七夕飾りのようなものを家の前に立てる。祖霊はそれを目印に戻ってくると言う。通りを行くと沢山のペンジョルが風に靡きそれは美しい。

原夜

列車から見下ろす原夜には、点々と火が揺れている。

これは、G町が言葉の金属化現象で崩壊しつつあった頃、G町のエリアから逃れ出た人々のテントから漏れる火である。その数およそ三千。彼らは、一面雑草の生い茂るG町とA市の間にひろがる宏大な荒れ地に、こうして今も生活を営んでいるのであった。

G町が、新宅地造成地区に指定され、A市から小さな箱のような列車で人々が移住してくる頃、テントの人々はよくその列車を襲い、食糧を強奪したものである。これに業を煮やした当局は、彼らに、牛や羊の放牧を指導し、生業を与えたのである。同時に、鉄道を今のようにすべて高架にし、橋脚には、高圧電流を流した鼠返しが取り付けられたのであった。

そして、三年。G町とA市の間をこの鉄道で行き来する私の目には、火は増えもせず、減りもせず、夜の草原にちらちらと揺れているのである。

それにしても、彼らはなぜG町に戻らないのであろうか。三千のテントが散在するG町・A市間のこの地に、やがて宇宙ロケットの発着場、すなわち宇宙港が出来るという噂である。

嘆きの壁

　Ｇ町の新興住宅地のはずれに高さ四メートル、幅二十メートルくらいのコンクリートの壁がある。これは、宅地造成の際出来た土止めで、この壁の上は平地になっている。

　この壁は、特別の壁ではない。剝き出しのコンクリートの壁にすぎない。作ったとき出来た板の目が模様といえば、模様である。それに、いくつもの水抜きの穴。

　壁は南向きである。

　壁には朝日とともに、様々な影が映る。細く鋭い枝枝を空に伸ばしている冬枯れの街路樹の影。魚の骨のようだ。その影に二本の電線の影が交差している。

そして、人の影がうごめき始める。

人々はここへ自分の影を映しに来るのである。そして、堪能するまで、そこで影絵劇を銘々勝手に演ずるのだ。影はナイフを握って自らを刺したり、宙返りしたり、また顔を手で覆って泣いたりしている。隅の方で終日ゆらゆら揺れているだけの影もある。

私は、影だけを見て、影の主の身体はことさら見ないようにしている。というより、見るに忍びないのである。たとえば、いつも静かに片足で立っている案山子の影の主の顔は、まるで百面相である。泣いたり、笑ったり怒ったり、何とも忙しく果てしがない。

昼も過ぎ、太陽が壁を左斜め上から照らすようになるころ、何となく自分のスペースをわきまえていた影達は、ゆらりゆらりと動き回り始める。それがしだいに相互に重なり合うようになり、動きは激しさを増し、上下左右、斜めに入り乱れて来る。そして、影が織り成す無言の劇はクライマックスに達するのである。

やがて、さすがのページェントも、日没とともに終わりを告げ、人々は去り、壁は雨が作った染みのあるくすんだコンクリートの塊に戻る。

壁は今日は雨だ。黒く濡れて、静まり返っている。

私は壁の前に立ち、去年の秋の出来事を思い出していた。この壁へ行こうと、G町とA市を結ぶ超狭軌高速度鉄道にかかる跨線橋の螺旋階段を降りかかった時だった。

あの時、壁の上の平地は、セイタカアワダチソウの群生するところとなっていた。ここは、子供達のかっこうの遊び場である。文字通り背が高いので、隠れんぼ、秘密基地にもってこいである。群落の一部を折ったり、抜いたりして、一メートル四方位の空地を作り、回りのセイタカアワダチソウの上の方を紐で束ねるのだ。そうすると、西部劇に出てくるインディアンのテントが出来あがる。

そんな子供の一人だろう。三歳位の男の子が、セイタカアワダチソウの群落がどこまでも続いていると思ったのか、壁の真上から足を踏み出し、空を一歩あるいたかなと思う間もなく、そのまま四メートル下の地面へ落ちて来たのだ。あっというまの出来事だった。子供は下に落ち、膝のあたりから、血を流し、燃えるように泣いている。だが、その泣き声は確か「おほぎゃあ、おほぎゃあ」だった。

そこまで思いが及んだ時、私の脳裏を次のような考えがよぎった。

「人は、崖から落ちる時、その一瞬の間に、人生の初めから終わりまでを、映画のフィルムの早回しを見るごとく、眺めるといわれている。それと同じように、この壁の前に立ち、一旦壁に影を映し演技し始めるやいなや、あとは、逆に今まで経験した様々な出来事が、壁に見えるようになり、人々はその幻影に向かってひたすら自己を演じ尽くすのではあるまいか。そして、ある人の人生は、いつも案山子でしかなかったのかも知れない」と。

私は、辺りを窺って、ずぶ濡れの壁に手を当ててみる。そして、次には全身をぴたりと付けた。やがて、私の全身は深い悲しみに満たされた。内臓から始まる震えが、手足の先端、十指の先端に波のようにぞくぞくと伝わって行くのが分かる。

何を震えているのだろう。

背後に聞こえるものは、A市行の列車の、気忙しい汽笛の音だけではないか。

この日、私は、この壁を「嘆きの壁」と名付けた。

花の散る

花の散る

ガラス一枚距てた向こうは、限りなく静かだ。梧桐の影ばかりが微かに、微かに動いて行く。直下の柳は、そのしなやかな枝々に冷水を浴びたかのように銀白色の葉を輝かせていた。

時間が見えない。目に映るのは光、ただそれだけであった。時間は、光輝く粒子の中に溶けてしまったのか。何とも知れぬ緊迫の中に時間は停止していた。光を求めた画家は、光についにめぐり会った時、時間の喪失をやはり見たに違いない。水は、漣を一度見せたきり風を忘れ、人は、自らの視線の中に遡行を始め、意識は、無限の彼方に拡散しおおせるのだ。

真空中に透明のセロファンが流れ行く。あれは、誰の言葉。言葉は、元々見えるはずのないものではないか。発することが、消えることなら、所詮ありもしないもの。どうして真空中に言葉が在り得よう。それとも、昔昔私の瞬きの昔には空気は、言葉とともにひらひら音をたてて舞い踊っていたのかも知れない。いずれにしても発した言葉の行方などいくら詮索しても仕様の無いこと。

空には蒸発の焦りがありありと見えていた。重い、苦しい動きをひたすら耐えて空は確かにあった。何故空は、このように悲愴な決意を私の前に見せているのか。だが空は、あくまでも青く、澄み切っているのが悲しいのだ。不安が弧を描いて下界に落下してくる。

からすくる穹や花ちるは　さすらひ　　双々子

空は、何故、どうして花ばかりを散らすのか。花は、光り輝いて、少しも影など見せてはくれない。それほどまでに不安を隠すのか。私は、花の下の逃亡者だ。さすらひの響きに花の散り様が二重映しに私を脅かす。ひとひらひとひらが、さ　す　ら　ひ　の姿をまとい、私の肉体に滲みて行くのだ。

　雪にゐる鴉のつらきひかりかな　　　双々子

しかし、この地上は、めまいにも似た悠かな遠さをもって迫りくるのだ。
人影でもよい。この地上に姿を現すのを待ち望み、黒い影が何者とも知れずアスファルトの上にあった。影が伸びて行く。するとその向こうに又、影の影が伸びて行く。影の影の影の……。私が一歩、二歩退ぞけば、影は、一つ一つと減って行くか。違う。そんなことはありはしない。そうする私自身が直立する無限の透明の影となり、その影を置き去りにして、幻影の如く、漂うゼリーの空間に消滅して行くだけのことなのだ。

なおも、ガラス一枚距てた向こうは、限りなく静かであった。

一匹の白蝶がガラスを抜けて行った。恐らく、ガラスの存在など全く意識していないのだろう。ビルが見える。ビルの壁には大看板が吊り下げてある。笑をうかべたコケティッシュな水着姿の女。ガラスの向こうの女に私は、ポケットからとり出した一枚の真新しい銅貨を力いっぱい投げつけた。

私がこちら側にいる理由は、何処にある。キラキラ輝いたあの銅貨を追う視線に乗せて肉体は、出て行く。大看板が銅貨とともに地上に墜落して、音が聞えたか。記憶は光が負っている。今、キラキラと乱反射しているものは光の粒。いや、あれは、ただの塵が、光を粧っているだけではないか。看板は落ち周りは廃墟。人の声は、コンクリート塊にもぬり込められてはいない。蒸発。私も蒸発していたことを思い出したい。

遠い昔に花が、音もなく散っている。

久方のひかりのどけき春の日にしづ心なく花のちるらむ
きのとものり

花の散るとは安吾のいうように何と恐しいことではないか。人は、落花のもとには近寄らなかったという。のどかであり得るのは花の散る外のことであり、一歩中へ踏み込めば、そこは闇の世界であった。だから、人は吸い込まれそうな衝動にかられつつも一歩前で踏みとどまったのであろう。花を愛でるとはその謂《いい》に違いない。

無音の中に美しくも散る花。自然のつくり出す、造化の謎の奥底まで極め尽くす旅立はここから始まる。人の声も、もはやとどかぬ。自分の姿さえ幻影となって、己の前から永遠に消えさりつづけねばならないだろう。

白い紙の向うに何があるのか、誰も知らない。しかも、そこがパラダイスであるかどうかも、誰も知らない。

桜咲く泳宮《くくりのみや》の未成年

久仁裕

港

ほんの少し黄昏てきた碁盤の目状の町に、街灯の白い光がさっと撒かれた。昼間の光を完全に失わず白い光を放って輝く町のあちこちに、街灯もまた白く煌く。

しかし、世界は瞬く間に暗くなり、町と街灯が放つ光の微妙なコントラストは一瞬にして失われた。そして、遠くに赤黄青の光に包まれた巨大な観覧車の回る夜となる。

観覧車には一組の男女が乗っていた。二人のゴンドラが頂点に達した時、町は不思議な明るさの瞬間にあった。

街路には誰一人いない。その町に降りて行くのが素晴らしいことのように思えて、二人は懐かしい言葉を交わした。

「帰ろうか、あそこへ。」

観覧車からあのカフェまでわずかだ。

ゴンドラは風に揺れ、あたりは闇となった。

港からは、無数の丸い窓に無数の灯を点した一隻の客船が、異国を指して出て行くところだった。

やがて、それも見えなくなった。

蛍橋の向こう

擬宝珠に蛍橋とある。

橋のこちら側から見ると、町には水蒸気が立ち込め、靄がかかっている。

　橋を渡り終えると、ああ、聞こえてきた。三階建てのアパートの一階の右隅、Ｍの家族の声だ。相変わらず部屋を奪い合っている。玄関のドアはすでに破壊されてない。窓硝子はもとより一枚もない。家族全員それぞれが相手を外に出そうと争っているのだ。

　中学生くらいの男の子が窓から放り出された。しかし、俯せの姿勢からすぐ立ち上がると、ドアのない玄関へ行って母親を引きずり出し、彼女の尻を蹴飛ばした。すると今度は、彼女は窓から一人の子の足を引っ張り、道路に叩きつけた。そして、すかさず窓から部屋の中に踊り込んで行く。

やがて楽しい夕餉の食卓の一時が訪れたらしい。家族で行った野球観戦のことが話題になっている。

「お父さんたら、自分の方へ飛んでくるファウルボールを必ず六連発で撃ち落とすんだから。条件反射って悲しいわね。あはははは」と母親。

「そう言えば、ちかごろカラス、見かけなくなったねぇー」と次女。

今夜は、二番目の男の子と父親が、野宿らしい。

二番目の男の子は、さっき自転車に乗ってどこかへ行ってしまった。米屋兼酒屋で、Mは皿に零れたコップの酒をなごりおしそうにすすっていた。二番目の男の子も、本当はここへ来たいのだが、酔った父親に六連発で撃たれるのがいやで、どこかへ行くのだ。

あのMという男は、六連発の名手で以前サーカスの花形だった。私はH海道のK町で出張のおり、偶然見たことがあった。

テントの中も寒々としていた。閑散とした客席から中央のMを見た。白い段ボールを背にして緑のコスチュームを着た美しい女が立っていた。女は嫣然《えんぜん》とほほ笑み、造花の赤いバラを今まさに口に銜えようとしていた。

Mは、客に一礼すると、十米ほど向こうの女に向き直り、目にもとまらぬ早業で六連発を撃ち尽くしたのである。一瞬であった。バラの花は形も崩れずに地面に落ち、女は針金でできた茎だけを相変わらず、嫣然と銜えていた。そして、ゆるやかに白段ボールから離れた。段ボールには穴が五つ空いていた。頭の頂きにあたるところに一つ。首の両側に一つずつ。両側の胴のくびれに一つずつ。そのあとおきまりの手に持ったスペードのエースを目隠しをして撃ち抜く芸、女が投げたコーラの空き缶を、弾丸で弾きお手玉をする芸、と続き、終わった。

彼は、この町ではいつもガンベルトをつけているのだ。そして、空を飛ぶカラスの両眼を撃ち抜くことを無上の喜びとしている。おかげで、このアパート周辺にはカラスが寄り付かなくなってしまった。今では、たまに地上に落ちているカラスを見つけようものなら、近所のおかみさんたちがカラスの炸醬麵《ジャージャーメン》を作るために奪い合うようにして拾ってしまうとのことである。

ところで、あの母親、つまり彼の妻が、かつての緑のコスチュームの美女であるかどうかは、実のところよくわからない。しかし、半年ほど前、この町の同じアパートの二階に住んでいたころ、毎朝草を毟りながら嫣然とほほ笑んでいた彼女を見かけた時には、ああ、あの拳銃ショウの美女だなと一人で納得していたものである。

だが、K町で私が見た女は、彼女だけではなかった。

その女は、がらんとした部屋の隅にうつむいて座っていた。「N君いますか」と尋ねると、「あなたも借金取り？　家には何もありません。全部、弟が売ってしまいましたから」という返事が返ってきた。

「そうですか、何もありませんか。でも、僕は一向にかまいません。弟さんにお会いしたいだけですから。お待ちしてもいいですか。」「かまいませんが、恐らく帰らないと思います。それでもよろしければ。」女はそう言ったきり、またうつむいてしまった。

その女が、私が帰ろうとして立ち上がった時かすかに顔を上げて、嫣然とほほ笑みながら言ったものである。

「海、静かでしたか。」

ガラス戸を開けて外に出ると、そこは今にも雪が降りそうな薄暗い町であった。

みすぼらしいサーカスのテントが一張、遠くに見えた。

あれから十五年。

向こうの方では、魚屋の女房が、庖丁を頭上に煌かせて盛んに空を切り刻んでいる。

この町は、もうすぐ昼だ。

ぼくの一日

ぼくはガードレールの白ちゃん。今日も早おきしてはをみがいて信号きの赤ちゃんと学校へ行きました。交通ほうきを習いました。学校が終わってから赤ちゃんのきょうだいの青ちゃんと黄色ちゃんとサッカーをしてあそびました。ぴかぴかがーんぴかぴかがーん。とてもおもしろかったです。それから大通りに帰りました。たまにはあんみんしたいです。

あとがき

私がこのような散文とも散文詩ともつかないものを初めて書いたのは、四十年ほど前である。

その夜、私の俳句の師小川双々子が主宰する『地表』の編集部から電話がかかってきた。明日までに、四百字詰原稿用紙で五枚ほどエッセイを書いてほしいとのことであった。原稿に穴が空いたのだ。二つ返事で引き受けた。私は、その頃、理由のない悲しみの中にあったのである。「花の散る」は、『地表』一一七号（一九七五年八月）に載った。

爾来四十一年。悲しみの生まれた時に書いた文章が幾つか溜まったので、そこから二十六篇を選び一冊の本にすることにした。一番新しいものは、「地理學家咖啡館にて」（未発表）である。小川双々子への鎮魂の一篇である。

収録した作品は、先に出した『G町』『貘の来る道』『玉門関』の三冊の句集に入れたもののものもあるが、それ以外のものも何篇か入れた。なお、散文集収録にあたり、いくつか題名を変えた。

また、ところどころに自作のスケッチや写真を挿入したので、併せてお楽しみいただければ幸いである。

武馬久仁裕

二〇一六年八月

洛陽の陶の乙女のほのか残り香

久仁裕

著者紹介

武馬久仁裕

1948 年愛知県に生まれる。
名古屋大学法学部卒業。
現代俳句協会理事。
東海地区現代俳句協会副会長。
世界俳句協会会員。
「船団」会員,「有史会」会員。
日本現代詩歌文学館振興会評議員。

主な著書
『G町』(1993 年,弘栄堂)
『時代と新表現』(共著)(1998 年,雄山閣)
『貘の来る道』(1999 年,北宋社)
『玉門関』(2010 年,ふらんす堂)
『武馬久仁裕句集』(2015 年,ふらんす堂)
『読んで,書いて二倍楽しむ美しい日本語』(2015 年,黎明書房)

現住所:〒 509-0264　岐阜県可児市鳩吹台 1 丁目 60 番地
ホームページ:円形広場　http://www.ctk.ne.jp/~buma-n46/

武《ぶ》馬《ま》久《く》仁《に》裕《ひろ》散《さん》文《ぶん》集《しゅう》　フィレンツェよりの電話《でんわ》

2016 年 9 月 25 日　初版発行
著　者　武《ぶ》　馬《ま》　久《く》仁《に》裕《ひろ》
発行者　武　馬　久仁裕
印　刷　藤原印刷株式会社
製　本　株式会社渋谷文泉閣

発　行　所　株式会社　黎《れい》　明《めい》　書《しょ》　房《ぼう》
〒460-0002　名古屋市中区丸の内 3-6-27　EBS ビル　☎ 052-962-3045
FAX 052-951-9065　振替・00880-1-59001
〒101-0047　東京連絡所・千代田区内神田 1-4-9　松苗ビル 4 階
☎ 03-3268-3470

落丁本・乱丁本はお取替します。　ISBN978-4-654-07647-5

日本音楽著作権協会(出)許諾第 1609433-601 号

シニアの脳トレーニング②

読んで、書いて二倍楽しむ 美しい日本語

武馬久仁裕編著

B5・63頁（2色刷）本体1600円＋税

日本語の美しさ・面白さに、読んで、書いて直に触れましょう。読んだり書いたりすることは、教養を高め脳を活性化するのに最適です。本書の左頁には、なぞって書けるように薄い文字で作品が印刷されています。古典には、すべてわかりやすい訳が載っています。また、すべての作品には、次のような視点で、目からうろこの解説がなされていますので、それだけ読んでも十分楽しんでいただけます。

●百人一首の最初はなぜ、天智天皇の「秋の田の……」の歌か？
●河東碧梧桐の「赤い椿白い椿と落ちにけり」は、なぜ「赤い椿」が先か？
●正岡子規の「瓶にさす藤の花ぶさみじかければたゝみの上にとゞかざりけり」は、なぜ名歌か？

現代俳句協会広報部長・田付賢一氏推薦

「俳句だけではなく万葉集、古今集、枕草子、方丈記、徒然草から子規や晶子の短歌、「野菊の墓」、山村暮鳥の近代詩、さらに漢詩からことわざまで幅広く取りあげています。

それらを声に出していくと日本語の美しさ、豊かさを実感できます。さらに心落ちつけて書いていくと古人の心と一体化していく思いが湧いてきます。

この本は『シニアの脳トレーニング』シリーズとして刊行されましたが、シニアだけではなくご家族で、日本語の美しさを再認識できる内容になっています。」（『現代俳句』平成27年12月号より抜粋）

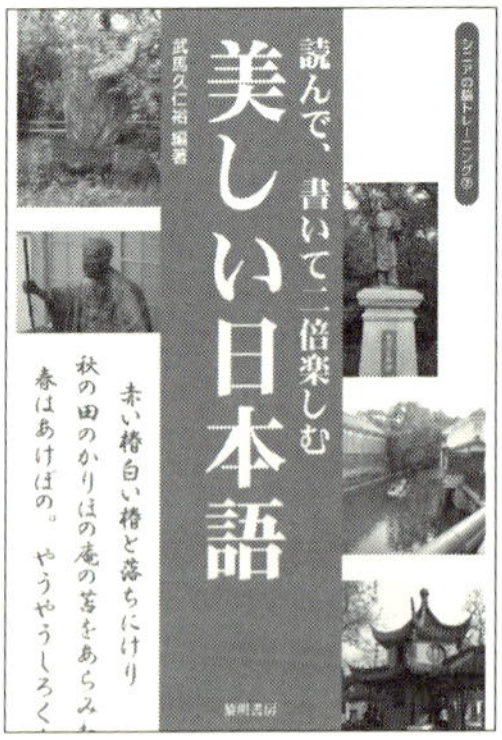